Novela

La Tierra los 3 Mundos

Libro 1

La Isla de la Esperanza

Autor

Eric Iván Montiel

Prólogo

Los temas de esta narración tienen que ver con lo que pudiera pasarle a nuestro planeta en un futuro si seguimos contaminando el medio ambiente lo cual modifica los climas regionales y a la larga afecta nuestro ciclo de vida. Nos da una panorámica de que muchas veces los humanos no somos capaces de dejar nuestros propios intereses en aras de la paz y la convivencia de todos, ni en momentos de adversidad. También se toca un tema controversial: ¿cuántas almas habitan nuestro cuerpo? lo que para algunas creencias religiosas no es tema de discusión, pero para otras representa una doctrina.

Finalmente, y como tema de fondo, la existencia de civilizaciones de otras galaxias con mentes superiores a la nuestra.

 En cuanto a su contenido se refiere a 50 años en el futuro donde con casi todo está contaminado en la tierra y el mar e inundado en la superficie terrestre en un 90 %.

Se han construido ciudades marinas que albergan lo que queda de los humanos. También hay un grupo disidente contrario que está unido a fuerza de otra galaxia llamados *IRISA*, cuyo objetivo es el secuestro de humanos sanos para procrear y que sirvan de generación del futuro para los habitantes que viven en la superficie y en la estación lunar lugares los cuales gobiernan bajo el beneplácito de los *IRISA*. Estos humanos llamados los "Escogidos", no pueden tener hijos por estar contaminados y a su vez los extraterrestres necesitan de los humanos sanos para recibir transfusiones de sangre que en combinación con químicos de su ambiente natural les prolonga la vida fuera de su sistema galáctico.

Este es el ambiente de la historia que presentamos a continuación.

Índice

PERSONAJES Y LOCACIONES PRINCIPALES

Personajes:

Eric Steele: militar estadounidense

Yelena Estevanova: científica rusa

Boris Kolarov: científico ruso amigo de Yelena

Ming Cheng: mujer militar de la Confederación Mundial

Lord Triana: jefe de los humanos aliados a los IRISA

Ethamme Pratt: jefe supremo de los invasores de IRISA

Cesar Godor: comandante jefe de la Confederación Mundial.

Dovi: robot de género masculino de la Confederación Mundial

Shaz: robot de género femenino de la Confederación Mundial

Ariel Schnedier: científico alemán

Lee Chow: científico chino

Nelly Smith: científica amiga de Yelena

James Montique: político amigo de Eric Steele

George Mansfield: superintendente de Isla Ciudad Esperanza.

Señora Luzmila: tía de Yelena.

Adrian Hammer: jefe de banda de mal vivientes.

David Rickhard: líder inicial del orbe mundial

Roger Williams: científico amigo de Yelena

Max Reyesnold: jefe en empresa de mantenimiento en la estación espacial Gama

Reneé: mercader de origen francés.

<u>Locaciones:</u>

Plataforma marina 1: donde habitan Cesar Godor, altos militares, científicos y prelados

Plataforma marina 2: viven Ciudadanos clase alta y media

Plataforma marina 3: vive la clase baja socialmente de la confederación mundial.

Isla ciudad Esperanza: viven las personas que utilizan en procrear niños y se hacen transfusiones de sangre.

Ciudad estación lunar Gama: viven los humanos del grupo "Escogido".

Ethum: es la nave nodriza de los IRISA

CAPÍTULO 1

EL PORQUÉ DE LAS COSAS

Este relato inicia al bajar una nave aéreo-marítima perseguida por otro navío aéreo con apariencia extraterrestre que la sigue hasta que la primera nave se sumerge en el mar. Dentro de este navío van 2 persona una como piloto, un hombre de aproximadamente 30 años y una copiloto como de 27 años, la cual presenta una herida en un brazo y tiene un tatuaje con un símbolo de algún tipo de congregación, también va una especie de robot con rostro humanoide con cuatro brazos y 2 piernas, cuyo comportamiento es similar a un humano.

El hombre se llama Eric Steele y la mujer Yelena Estevanova y es de descendencia rusa y al robot lo llaman Dovi.

Cuando la nave entra al mar, nos encontramos que bajo la superficie hay mucha contaminación y ciertos peces que parecen mutantes marinos y no se ve mucha población en las aguas. Bajan a gran velocidad hasta llegar a una gran ciudad plataforma marina con mucha iluminación en la cual logran descender, el transporte es bajado a un subnivel donde evacuan el agua y luego pasan a una cámara donde hay mucha actividad de logística operativa en el lugar de llegada.

Inmediatamente se acerca personal de primeros auxilios para atender a la mujer y revisar al hombre, otras personas revisan el mantenimiento del robot.

Unas horas después Eric va a un área de hospitalización y le pregunta a Yelena que le relatara lo que había pasado antes que él la rescatara.

Ella le contesta:

- Que tenía 6 meses de haber sido secuestrada por las fuerzas enemigas y que el lugar donde la llevaron era una cámara de pruebas y torturas vigilada por los IRISA.

Estos seres de apariencia humanoide los cuales físicamente son más fuertes que nosotros tienen 2 extremidades superiores y 2 inferiores, pero en su cabeza, el rostro es similar a la de los humanos y la parte superior de sus cabezas es más parecida a una iguana con orejas largas y puntiagudas. Tienen 6 dedos en enormes manos y su cuerpo es grisáceo. Pueden leer nuestros pensamientos y se comunicaban con sonidos raros entre ellos, no obstante, tienen la capacidad intelectual de entender y traducir a nuestros idiomas.

La doctora Yelena le explica a Eric:

- Que estuvo recluida allí con 4 amigos científicos y que se conocían desde la universidad, que todos eran de altos grados

académicos, con estudios en biología y radiación.
- Cada uno de ellos fue puesto por separado en cuartos de experimentos.

Yelena cuenta que Lee Chow que es el nombre de uno de sus amigos secuestrados.

- Continuó explicando que le apuntaron una especie de láser a la cabeza y proyectaban sus ideas en una pantalla mientras los IRISA observaban y le creaban diferentes situaciones de peligro o de acciones con connotaciones sexuales, donde ellos tomaban decisiones, igual hicieron con Nelly, Boris y Ariel los otros científicos del grupo.

Yelena dijo que realmente no se acordaba de mucho solamente recuerda levemente ruidos de comunicación entre los IRISA.

Dijo Yelena que Ariel le manifestó que recuerda haber realizado actos sexuales con seres IRISA y con los humanos contaminados que no podían tener hijos todo esto bajo estímulos de su cerebro y viendo reacciones corporales tanto en simulaciones dentro del mar, en la atmósfera lunar y en la superficie de la tierra. Físicamente sus cuerpos tenían las mismas necesidades y sensaciones como si se tratara de algo real.

Pregunto Eric, si alguno de ellos tuvo contacto físico contigo o tus compañeros y ella le contesto:

- Te repito no sabría porque estaba en cada caso desconectada mentalmente de otras cosas cuando iniciaban las pruebas.

Eric le dijo que descansara que volverían a conversar.

Al retirarse él fue a su aposento en la gran ciudad submarina que poseía ficticiamente un ambiente como la Tierra quizás 50 años antes. Dentro de esa cúpula gigante que daba impresión de estar a cielo abierto y condiciones normales de vida daba la apariencia de una gran ciudad con edificios y vías de comunicación moderna. Mientras viajaba en un tren moderno miró a través de la ventana y se acordaba de lo que los llevo a vivir así según le contaron sus padres cuando era un niño. Estos le decían que el abuso climatológico por los humanos fue deteriorando cada vez más el clima en diferentes lugares del mundo unos lugares cada vez más fríos, otros cada vez más calientes y con falta de agua. Las áreas polares al descongelarse inundaron las zonas costeras e hizo que grandes ciudades de estas zonas quedaran bajo el mar. Esto hizo que comenzara la creación de 3 ciudades submarinas donde albergarían la civilización seleccionada que quedó luego de guerras, ya que era evidente la contaminación y destrucción de casi toda la vida terrestre.

Un hombre llamado David Rickhards surgió como líder desde muy joven y en la confusión y desesperación de guerra entre los mismos humanos, esto lo fue consolidando como el líder de esa generación. Él vivió hasta pasado los 80 años siendo siempre ese guía visionario en la búsqueda de una nueva era para la civilización ya decadente en sus costumbres morales y respeto hacia la vida y nuestro medio ambiente.

Al llegar a su aposento Eric Steele encendió la televisión y escuchó un discurso que su tema central era dar el resumen trimestral de bajas en la "Confederación Mundial" nombre que abarcaba a las 3 ciudades plataformas marinas.

En la superficie, en un área no inundada y con ciertas características de verdor todavía sin contaminar habitan los "Escogidos" que son humanos que apoyaban a los IRISA. Este grupo de traidores que, unidos a los invasores de otro mundo, de una galaxia cercana a la tierra y habían llegado hace unos 10 años creando el pavor en la ya deteriorada vida en la tierra.

Eric luego de ver la televisión se acostó a descansar visiblemente agotado conectándose a una cama especial la cual quitaba durante el sueño la presión bajo el mar.

Al día siguiente despertó y se vestía para ir a una reunión en el recinto militar del cual formaba parte cuando tocaron a su puerta unos hombres uniformados de la policía de seguridad ambiental de la ciudad plataforma 1, estos que vestían de verde.

El preguntó por qué lo buscaban y querían llevárselo, el jefe del grupo contestó:

- Son órdenes superiores, además, el sistema de control de personas había detectado falta de actividad física durante cierto periodo en parte de la superficie. También detectaban un mediano nivel de contaminación radioactiva que debía ser tratado.

Eric preguntó:

- Si pudieran esperar, ya que él tenía una reunión importante y consideró que no era necesario ir de inmediato. Los guardias trataron de llevarlo por la fuerza y en ese momento inició una pelea entre los 3 hombres y él. Eric es experto en artes marciales y defensa personal, también es ducho con diversos tipos de armas de fuego de balas o láser. La habilidad atlética y de defensa lo ayudó en su lucha donde derrotó a dos y no le quedó más remedio que forcejear con el otro en el suelo. Este guardia tenía un arma y en la pelea trataba de dispararle lo cual causó que en el forcejeo se disparara el arma y el guardia quedara herido e inconsciente. Eric se incorporó del suelo y al sentir que venían otros guardias, se dio a la fuga.

Mientras deambulaba por la ciudad observó su foto en unas pantallas de televisión públicas, con el mensaje que era buscado y peligroso.

Eric fue donde un amigo de nombre James Monteque que era de alta posición en el gobierno submarino y muy amigo del comandante Cesar Godor jefe de la Confederación Mundial. Cuando conversó con él, le recomendó esconderse hasta que el lograra aclarar las cosas ya que el guardia de la pelea con el arma estaba gravemente herido. Eric se despidió de Monteque y decidió ir a un baño público a teñir su cabello de castaño ya que era rubio, también decidió rasurar sus bigotes y ponerse lentes de contacto color miel.

Recordó que en la nave en la que él había llegado está la caja negra con la evidencia audio visual de vuelo donde prueba que nunca estuvo mucho tiempo fuera de su nave ni fue contaminado en exceso. Fue hacia el área de despegue y en un pasillo junto a una puerta golpeó a un conserje y se puso su ropa para entrar a la recepción del edificio. Luego sacó su teléfono moderno para tomar una foto de la huella dactilar del pulgar del conserje e imprimió una plantilla plástica con la huella digital del conserje que permanecía aturdido en el suelo. Eric se pegó la plantilla plástica en el dedo pulgar y luego en una puerta de servicio puso el dedo pulgar en identificador de huellas dactilares, pudo así entrar al hangar de despegue.

Mientras tanto Yelena ya reposaba más descansada y pensaba lo que ocurrió. Ella prendió con un control un monitor televisivo y entró a un sistema donde se le solicitó una contraseña, dio su clave dando esto la opción a videos y fotos suyas. Luego comenzó a ver una filmación donde aparecía con sus 4 amigos en la universidad marítima en la plataforma 2. Sus ojos se llenaron de lágrimas al recordar a Boris Kolarov y sus amigos científicos. También se acordó como una extraña carta les llegó a sus padres otorgándole una beca en el Instituto científico caso muy similar al de sus amigos. Todos ellos en una fiesta de la facultad descubrieron que fueron contactados en forma similar. Ese día también se sintió atraída por Boris y se dieron el primer beso.

Toda su vida profesional fue bastante normal hasta que fueron llevados como participantes de una investigación en la tercera ciudad marina donde extrañamente fueron secuestrados por humanos de la superficie terrestre llevándolos a la Isla de la Esperanza.

En ese momento Eric entra al área donde estaban las naves e intenta activar el sistema de programación al robot para que quede bajo su mandato. Logra entrar al sistema utilizando la clave de un compañero muerto cuando rescató a Yelena y consigue su objetivo al activar al robot.

Eric le dice al robot:

- Que lo encuentra cerca de la enfermería donde había dejado a Yelena.

Aparentemente en el cuarto de control del sistema detectaron el uso de la contraseña para activar al robot y un grupo de militares fue a buscar al fugitivo al área donde se activó la contraseña. En el momento que lo vieron el corrió y entró a la enfermería y los guardias disparaban mientras lo perseguían. Llegó a la puerta de la habitación de Yelena, se escondió en el armario y cuando pasaron los guardias preguntaron si había visto a alguien huyendo y ella respondió:

- Que sintió que alguien siguió por el pasillo. Ellos se fueron

Yelena le preguntó a Eric que ocurría, y él contestó:

- Que era complicado y que quizás le explicaría después.

En ese momento entró a la habitación el robot Dovi. Estando allí, otra guarnición iba de habitación en habitación buscando a Eric y a él no le quedó más remedio que decirle al robot que disparara y los cubriera; que llevaba a Yelena de rehén con un arma punzo cortante y dijo:

- Si nos atrapan, la mato.

Los 3 pasaron entre los guardias y fueron hacia una de las naves. Los guardias se comunicaron con el control central y recibieron la orden de dejarlos ir ya que la mujer era una científica y era importante que estuviera viva. Entraron a la nave y la arrancaron. Mientras salían, el robot Dovi le preguntó:

- ¿Ahora a dónde vamos?

Yelena contesto:

- Vamos a la plataforma 3, yo trabajaba allí y hay formas de eludir su rastreo.

CAPÍTULO 2

LA CIUDAD ESTACIÓN LUNAR GAMA Y LOS IRISA.

En la luna se había desarrollado una gran ciudad construida por los IRISA y los humanos terrícolas que cooperaban con ellos por motivos de conveniencia mutua. Los humanos eran llamados "Los Escogidos", estos tenían un pacto con los extraterrestres. Este pacto hecho hace 10 años consiste en que al estar la tierra contaminada y haber poca comida estos ayudaban a cazar a los humanos de la Confederación Mundial terrícolas conocidos como "Especímenes" para que estos en un área especial de la tierra sirvieran de sustento por medio de su sangre a los IRISA. Estos andaban en la Vía Láctea buscando la materia prima para sobrevivir y alimentarse.

Los extraterrestres descubrieron que la sangre humana combinada con un químico especial de su planeta alimentaba su sistema inmunológico permitiéndoles seguir con vida.

Los IRISA tienen una colonia en una nave espacial gigantesca llamada madre Nodriza "ETHUM" que ronda la tierra.

Los escogidos son terrícolas cuya sangre había sido contaminada años atrás en guerra civil biológica en la Tierra y al no poder reproducirse, necesitan utilizar para procrear a hombres y mujeres sanos para obtener hijos y preservar la raza con personas con su misma ideología. Ellos entregan sangre a los extraterrestres de los denominados "especímenes" a través de transfusiones que van almacenando en bodegas de refrigeración para su consumo posterior en la Nave Nodriza y en la estación lunar Gama.

La contaminación de los "Escogidos" hace que su sangre no le sirviera a los IRISA, pero si les son buenos para ayudar a cazar los especímenes ya que los IRISA no pueden por genética estar a menos de 5 metros del agua salada. Lo que dificultaba cazar los humanos sanos en la profundidad del mar. Esto posibilitó la alianza entre Lord Triana jefe de los humanos "Escogidos" y Ethamme Pratt jefe supremo de los IRISA en la nave ETHUM.

En la base lunar hogar de los "Escogidos" se tiene una reunión en este momento donde Lord Triana le manifiesta a Ethamme Pratt que las cosas han llegado muy lejos con los "Especímenes".

Ethamme Pratt le contesta: Si, lo sé, debemos dar un golpe final a las fuerzas bélicas de estos.

Lord Triana, más práctico, le pide calma y dice:

- Recuerde que sin humanos para transfusión de sangre fracasaremos en nuestros propósitos mutuos.

Ethamme Pratt le contesta:

- Que él sabe, pero que los "Especímenes" han pasado de auto defenderse a provocar diferentes focos de ataque en los últimos meses; tanto en la ciudad lunar como en área protegida de la Isla de la Esperanza lugar donde en la tierra procrean humanos sanos, tomamos sus bebés recién nacidos a la vez que aumentamos nuestro inventario de sangre mediante sus transfusiones.

Los humanos luego de 5 transfusiones mueren por las reacciones biológicas debido a que les inyectan las sustancias adicionales en su sangre antes de extraérselas.

Lord Triana manifiesta a Ethamme Pratt:

- Tengo espías en las 3 plataformas marinas, listos para atacar o crear desasosiego en las ciudades.

Ethamme Pratt expresa:

- Necesitamos a los 5 científicos Especímenes que estaban tratando ya que fueron detectados en el mundo como poseedores de genes capaces de vivir y reproducirse sin morir después de 5 transfusiones y procrear sin contaminarse.

Lord Triana dice:

- Los otros cuatro especímenes del experimento los han de llevar a ciudad de la Isla de la Esperanza y que capturaran a la fugitiva.

Mientras tanto en otro lugar Boris conversa con Nelly de lo que ha sucedido mientras Lee y Ariel escuchan el plan para tratar de comunicarse con los "Escogidos" en la plataforma submarina 2 que está cerca de Ciudad Esperanza donde ellos irán.

Ariel está afectado por los experimentos y los IRISA le han dado una sustancia que controle su metabolismo. Ellos ya están conscientes que no son humanos comunes y corrientes y que quizás puedan ser el vehículo para la paz entre ambos grupos de humanos.

Lord Triana acaba de comunicarse a donde están los prisioneros y le solicita al jefe de la prisión que la avise al contacto del grupo del plan a seguir cuando los lleven a Isla de la Esperanza.

Al día siguiente estos son llevados de la estación espacial lunar Gama a la tierra a Isla de la Esperanza que es un lugar libre de contaminación y exento de los problemas climáticos cosa que tiene el resto de la tierra que esta semi destruida en su superficie.

En ese lugar son recibidos por George Masfield superintendente de este lugar, quien dice:

-   Llévenlos a sus aposentos donde serán custodiados e infórmeme posteriormente cuáles son nuestros planes para ellos. En este lugar Boris observa una foto que se había tomado con Yelena y piensa si estará viva.

Mientras sus compañeros tratan de ver las instalaciones donde están recluidos, las personas en este lugar parecen almas sin vida ni alegría, fuera de los "Escogidos", también hay robots custodiando por todos lados. En realidad, esta Isla de la Esperanza es parte baja del Tíbet, área que no inundo el agua en la Tierra gracias a su altura. Su clima ya no es frio como en el pasado.

A la hora de la comida todos pasan a los comedores y Lee reconoce a una vieja amistad de cuando él estaba en su lugar de origen. Se trata de Ming una bella oriental experta en artes marciales que internamente lidera un grupo disidentes en la isla. Ella conversa con Lee y lo invita a una reunión, el decide asistir. En ese lugar hay 11 personas los cuales tratan de ver como combaten este ambiente de hacinamiento.

Ming le dice a Lee:

-   Tenemos un transmisor que nos comunica con la plataforma 2 y ellos nos ayudan a liberar personas de esta colonia o de la estación lunar, de esta forma pudimos ayudar a escapar a tu amiga Yelena.

También le comenta que en la estación lunar Gama hay algunos espías de nosotros, que no están aliados a los "Escogidos".

Mientras tanto la nave donde va Eric Steele con Yelena está llegando a la plataforma 3, pero el robot Dovi le manifiesta que sus sensores le indican que hay una nave de los "Escogidos" que los detectó y que los persiguen.

Comienza una persecución donde gracias a la gran pericia de Eric y la precisión de Dovi en el cañón de disparo de la nave logra destruir la nave enemiga unos cientos de metros antes de llegar a la plataforma 3. Eric felicita a Dovi por lo certero de su disparo, mientras se ríen y celebran nuestros tres personajes.

CAPÍTULO 3

LLEGADA A LA PLATAFORMA 3

El robot simula el código de identificación y la voz de un tripulante, logrando amarizar en esta plataforma.

Inmediatamente entran en un tren y ven que dentro de la ciudad hay diversidad de personas. Esta es una ciudad con muchas culturas, con persona en su mayoría de estrato social más bajo y donde hay escoria humana como en toda sociedad.

Al llegar a la estación y bajarse es como un antiguo mercado persa. Mucha gente vendiendo e intercambiando cosas. Con antros y lugares malsanos por todos lados.

Yelena le dice a Eric que conoce gente que los puede ayudar a esconderse allí hasta que todo se aclare. Esa plataforma es la más grande y con mayor cantidad de persona.

También hay centros de investigación y experimentos. La plataforma 3 la están extendiendo por que en 15 años no cabrá la cantidad de habitantes, por eso trabajan en una plataforma anexa. La gente que trabaja en la plataforma anexa muchas veces son secuestrados por los enemigos que los llevan capturados por naves tripuladas por "los Escogidos", estas cuentan con alta tecnología brindadas por los IRISA. Muchas personas son capturadas cuando trabajan fuera de las plataformas o cuando van en viajes de transporte de una plataforma a otra.

Yelena y sus acompañantes llegan a un sitio donde se encuentra una señora de edad que es Tía de Yelena llamada Luzmila. La cual los hospeda cuando llegan y en una conversación mientras comen la señora Luzmila le pregunta a Yelena .

- Si el joven era su novio. En ese momento, el robot prende luces de colores que parpadean en su pantalla frontal.

Algo ruborizada, Yelena dice:

- No. Sólo somos amigos y nos estamos conociendo. La tía Luzmila contesta, pero si hacen muy buena pareja. Ambos callan y se miran y el robot Dovi pone un corazón pulsando en la pantalla de su cuerpo metálico. Al rato Eric y Yelena salen al patio de la casa a conversar.

Yelena le pregunta a Eric si tiene novia.

Él responde

- Que tuvo pero que murió víctima de los IRISA y que juro que no descansaría hasta ayudar a destruirlos.

Ella le dijo que lo sentía y que en su familia también hay algunas personas han fallecido víctima de los "Escogidos" y los IRISA.

Eric le pregunta porque crees que te buscan los "Escogidos" y los IRISA.

Ella confiesa:

- Que tiene algo en los genes que son diferentes a los demás humanos, al igual que sus amigos.

Eric le dice que para él será importante no alejarse de ella.

Yelena le pregunta:

- ¿Sólo porque soy especial?

Él contesta con una risa picara ojalá fuera sólo por eso.

En ese momento el robot Dovi se acerca y le avisa que viene un grupo de personas acercándose a donde están.

Eric le dice al robot que se programe en estilo combate y también le dice a Yelena que tendrán que conseguir armas especiales para ellos al día siguiente en el mercado negro de la plataforma 3.

Tocan a la puerta de la casa y la señora Luzmila abre. Son un par de amigos de Yelena, de cuando ella trabajaba en el centro de investigaciones antes de ser secuestrados por los "Escogidos". Ellos la saludan y el dicen que piensan que existe la sospecha de trabajadores infiltrados traidores y que los trabajos en la ampliación de la plataforma ya se han atrasado muchas veces por saboteadores.

Yelena les dice:

- Que necesitan comprar armas y utensilios.

Uno de los amigos le da a ella una tarjeta de compra de para que vayan al mercado y compren lo que deseen. Yelena les da las gracias a los dos.

Al día siguiente Yelena y Eric deciden ir al mercado negro a comprar armas para defenderse. En su camino ven gente con diferentes culturas y también hay un área de robot donde al pasar Dovi ve un modelo muy similar al de él de género femenino. Le dice a Eric.

- Por favor adquiera el robot con género femenino.

Eric negocia con el dueño de la tienda y este decide vender el robot llamado Shaz. Inmediatamente Dovi comienza a decir la frase:

- *Es compatible, es compatible* y se proyectan corazones de su pantalla.

El robot Shaz, que tiene la peculiaridad de detectar los metales que no son de la tierra.

En el camino Yelena le comenta a Eric.

- ¿Ahora seremos chaperones de esos dos?

Y Eric se ríe mirando de reojo a Dovi.

Llegan a una tienda de armas y afuera hay una banda de tipos con mal aspecto mirándolos. Pero ellos entran y el dicen al encargado que están interesados en comprar armas. Solicitan al mercader que sean armas de lo más sofisticadas que tenga. Este comienza a enseñar algunas armas hasta que Eric encuentra una adecuada y Yelena otra. Las llevan a un polígono de tiro atrás del negocio y ambos resultan ser expertos tiradores impresionando hasta el vendedor. Ellos pagan mientras Dovi y Shaz conversan de temas robóticos.

Al salir se encuentran con el jefe de los mal vivientes que están afuera. El malvado jefe les exige que entreguen las armas y su tarjeta de compras. Inmediatamente salen armas de ambas partes y Eric le dice al jefe del clan:

- Arreglemos esto de forma justa sin matarnos todos.
- Peleamos, y si yo gano, nos vamos sin problemas.

El jefe del clan acepta reído diciendo:

-      Te haré morder el polvo.

Los robots y Yelena se hacen a un lado igual que los facinerosos y dejan listos para pelear a Eric y Adrián Hammer que es el nombre de este rufián.

Ambos comienzan la lucha con los presentes arengando y luego de escaramuzas de ambas partes el arte marcial de Eric Steele logra doblegar la voluntad de Adrián Hammer. Los seguidores de este tratan de meterse al ver que están venciendo a su líder, pero Adrián Hammer les dice:

-      Que los dejen, porque él todavía tiene algo de honor y que en el futuro se podrán volver a ver las caras.

 Eric tiene un par de herida en la cara y golpes en el cuerpo debido a la pelea. Yelena lo ayuda a caminar.

Ellos se retiran del lugar y en ese momento llega la policía del lugar que fue llamada por los vecinos al verlos. Eric y sus acompañantes huyen en medio de la muchedumbre del mercado antes que los atrapen. Se desplazan hasta llegar a la casa de la señora Luzmila. En este lugar Yelena le dice a Eric que lo ayudará a curar sus heridas. Mientras lo cura estando él recostado en un sofá, no aguantan la tentación y se dan unos besos apasionados. Ella luego reacciona y le dice a Eric

-   Que la perdone que ella todavía tiene algún sentimiento hacia Boris su antiguo compañero de estudio y trabajo capturado por los IRISA.

Eric le responde:

-   Discúlpame, evitaré acercarme a ti y no tratar de ser más que un amigo en el futuro.

CAPÍTULO 4

LLEGADA DE ERIC STEELE Y SUS ACOMPAÑANTES A LA ISLA CIUDAD DE LA ESPERANZA

Los científicos amigos de Yelena van temprano a visitarlos y le comunican que el resto de los amigos de ella están en Cuidad de la Isla de la Esperanza y que deben ir allá para rescatarlos. Se ponen de acuerdo para ir con ellos robando una nave que en teoría irá conducida por Roger Williams uno de los 2 científicos amigos de ella.

Ellos van al puerto de salida y Roger Williams comunica a la torre de control que irá a la plataforma 2 a visitar su familia con algunas amistades y 2 robots que están probando su mecanismo de comportamiento recién instalado. Roger recibe confirmación para salir, pero él no se va. Se baja de la nave a última hora y solo se van Eric, Yelena y los robots.

Yelena le da las gracias por ser tan buen amigo.

En el viaje hacia la plataforma 2 se desvían hacia la superficie ya que la Isla de la Esperanza, está cerca de la plataforma 2. Salen a superficie y se acercan sigilosamente a una parte algo alejada de la Isla de la Esperanza donde hay algunos peligros de travesía, ya que es área selvática pantanosa hasta llegar por ese lado al centro de la Ciudad Isla de la Esperanza.

En su andar hacia allá pasan por un túnel que atraviesa un Cerro. Al entrar, prenden unas linternas y los robots encienden luces que emiten sus cuerpos para iluminar el camino.

Dentro del túnel comienzan a escuchar ruidos como de perros ladrando. Cuando los topan ven que son perros lobos que han mutado y se ven muy agresivos, es toda una manada y al verlos tratan de atacar al grupo. Eric dispara el arma Láser que portaba y los perros se atemorizan temporalmente. Todos comienzan a correr tratando de ir hacia la salida del túnel, pero los perros están alcanzándolos. Dovi y Shaz le dicen a Eric y Yelena que se adelanten que ellos se encargan de todo. Los robots se ponen en modo combate y habilitan sus cuatro brazos cada uno y comienzan a lanzar disparos de metrallas de balas por parte de Dovi y lanza llamas por Shaz hasta que hacen huir a la manada de caninos carnívoros.

Posteriormente se reúnen todos en la salida del túnel pasan por un área que ha sido camuflado por los "Escogidos". En este lugar hay tierra movediza. Eric pasa bien, pero Yelena cae en la tierra movediza y comienza a hundirse. Eric le dice a Dovi que le mande impulsada una cuerda metálica, el robot activa unos de sus brazos y se abre la parte de la mano y le lanza un cable tensor a Eric, este lo apaña en el otro lado donde está ubicado. El cable luego lo mueve hacia Yelena y le dice: Agárrate del cable.

Ella lo agarra y comienza a desplazarse por el cable hasta que Eric la toma de la mano en el otro lado y la ayuda a salir de la trampa. Dovi y Shaz se tendrá que quedar en ese lado hasta que ellos regresen. Shaz le tira a Eric un dispositivo satelital para que se mantengan comunicado con ellos.

Eric y Yelena continúan su caminata hasta que llegan a la entrada Ciudad Isla de la Esperanza. Allí los recibe un residente mercader con el nombre Renèe de origen francés que le pregunta: ¿Cuántas lunas tiene la Tierra? Eric contesta: Ninguna mientras no sea nuestra.

El hombre se ríe y comienza a conversar con ellos mientras caminan a donde él vive, y les dará alberge. Reneè es un espía infiltrado que conoce las instalaciones de Islas de la Esperanza. Este aliado de ellos en su casa les muestra en planos el lugar donde están detenidos los amigos de Yelena.

Mientras tanto en La ciudad estación lunar Gama. Lord Triana junto con su estado mayor y un representante de los IRISA, discuten el plan para tratar de atacar e invadir la plataforma 2 la más cercana a Isla de la Esperanza. La idea se basa en que han ido infiltrando cierto personal en esa plataforma y tratarán de atacar desde adentro, y tambіén por medio de naves desde afuera de esta. Esto, para descontrolar la civilización submarina de esa plataforma ya que de allí se controlan las operaciones de extracción de petróleo marino que abastece las 3 plataformas.

Lord Triana comunica a sus oficiales la forma en que las naves serán enviadas en el ataque marino. Estas naves distraerán a los defensores de la plataforma 2, mientras internamente nos tomamos por asalto la plataforma. Los IRISA están muy contentos con el plan de los "Escogidos". En los siguientes días le entregará un arma sofisticada recién perfeccionada por sus científicos para que desestabilicen a sus enemigos en común.

Por su parte Yelena y Eric entran a las instalaciones de Ciudad Isla de la Esperanza por un túnel secreto cavado y salen en el área de reunión de los habitantes. Ellos salen por una alcantarilla, se infiltran con los demás habitantes y buscan a los amigos de Yelena dentro de la muchedumbre que están en un parque público. Yelena ve a Lee a lo lejos corre hacia él y este la abraza y le pregunta cómo te ha ido.

Ella le contesta: Bien. Venimos a rescatarlos. Le presenta a Eric

 Luego Lee les presenta a Ming Cheng. Ella es una mujer con rasgos orientales con una figura atlética la cual dirige la resistencia de la Confederación Mundial en la Isla de la Esperanza.

CAPÍTULO 5

REUNIÓN DE YELENA ESTEVANOVA, BORIS KOLAROV Y SUS AMIGOS

Horas más tarde Lee y Ming llevan a sus visitantes al aposento donde esta Boris y el resto del grupo. Inmediatamente el rostro de Yelena se llena de alegría y se abraza con Boris bajo la mirada alegre de todos con excepción de Eric que baja la cabeza, ya que internamente se siente afectado, aunque no exprese nada. Todo el grupo conversa diversas cosas entre sí, hasta que deciden salir del aposento al aire libre. De repente parada en una esquina Nelly hace una señalización con las manos al oído y todos entienden que sus enemigos pueden estar escuchando, ya que hay micrófonos ambientales en distintas áreas públicas.

Ya eran como las 5 de la tarde y deciden todos ir caminando a un paraje a 30 minutos de allí. Hay un mirador en un cerro con una bonita vista de la ciudad. Allí Boris y Yelena se alejan un poco del grupo y ella le pregunta a él, si había sabido algo de su familia. El titubea algo diciendo que no.

Luego él pregunta:

-       Si lo ha extrañado en este tiempo que no se habían visto

Yelena le contesta:

- Que sí pero que preferiría hablar de eso en otro momento.

Boris le toma la mano a Yelena, pero ella lo besa en la frente y le da las gracias por ser buen amigo. Boris entiende el mensaje y deciden acercarse al grupo y reunirse con los demás.

Comenzaron a conversar sobre cómo podían hacer para escapar de la Isla de la Esperanza.

La joven Ming Cheng les dice:

- Hay un plan maestro para destruir la estación lunar Gama y debilitar a los IRISA y los "Escogidos".

Ella les dijo también que en dos días ella y el grupo de disidentes dirigidos por el comandante de la Confederación Mundial, le informaría como seria.

Unas horas más tarde en la Ciudad lunar, Lord Triana conversaba por celular con uno de los participantes de esta reunión en el cerro, el cual le informó de lo que escuchó, pero no se puede detectar quien era este ya que su voz era distorsionada en el parlante.

Lord Triana le dice:

- Mantenme informado y te daré instrucciones más adelante para tenderles una emboscada.

Al día siguiente se les informa a los habitantes de ciudad Isla de la Esperanza por alta voces que se estarían realizando en unos días el sorteo de apareamiento en las instalaciones.

Dice Ming:

- Cuando esto se da se le aumentan los privilegios a la persona. Igual ocurre cada vez que hay transfusiones de sangre al llegar a 5 les dicen que recojan sus pertenencias y les conceden su libertad, pero realmente lo que ocurre es que a las 10 horas mueren de un paro cardiaco. "Los Escogidos" hacen ver que les dan su libertad, pero en realidad lo que hacen es incinerar el cadáver.

- En esta procreación, de haber embarazo efectivo, la mujer es separada del grupo y le llevan el control prenatal durante los meses del embarazo.

- Hay mujeres que tienen más de 5 años en la isla en esta condición. Existe un centro de lactancia y crianza de niños.

- También algunas mujeres y hombre son llevados a la estación espacial en la luna para satisfacer las diferentes necesidades sexuales de los colonos allí.

Ming les dice a Eric y Yelena

- Ya el comandante Cesar Godor ha planificado con sus contactos lunares la llegada de un grupo de naves que atacarán mientras un grupo de nosotros entra clandestinamente a la colonia lunar y hace explotar su centro de operaciones.

Eric le pregunta:

- ¿Cómo entraremos nosotros?

Ming le responde a Eric

- Se solicitará un trabajo de soldadura cerca del centro de mando lunar y un grupo de

Nosotros irá a poner explosivos para desestabilizar esa base lunar de los "Escogidos".

Al día siguiente se realiza el sorteo y Ming es escogida para aparearse en 2 días lo que acelerará la ida del grupo a la estación espacial lunar Gama.

Ming le dice a Eric:

- Avísale a Yelena que ella y uno de sus amigos irán a la estación espacial con 2 ayudantes robóticos para que los ayuden.

Eric se comunica con Dovi y Shaz utilizando el transmisor que le habían dado y les dice:

- Que los esperan en el lado alejado del centro de la isla donde los habían dejado para realizar una misión a la luna y que irán con el grupo que participará en la misión. La nave espacial donde viajaremos estará camuflada como si fueran a dar mantenimiento.
- Y que la abordarán 5 persona y ellos 2.

Al día siguiente, Yelena contacta a Boris y le dice que irán a una misión en la base lunar pero no le da más detalles y Boris le dice:

- Que le avise a los demás que él se va a una misión a la estación lunar Gama.

Al rato se da una comunicación entre Lord Triana y un informante que le llama. Le indica que tuviera cuidado con un grupo que intentaría sabotear la estación lunar Gama.

Por su parte, el grupo de Eric, Yelena, Ming, Boris y un cabo de la Confederación Mundial se disfrazan con uniformes de mantenimiento de una empresa para salir de la ciudad y se dirigen al punto donde están los robots esperándolos.

En el punto de encuentro sale repentinamente a la orilla una nave hidro espacial a recogerlos y los esperará hasta su llegada.

Cuando van en camino a encontrarse con los robots se percatan que un convoy de guardianes de los "escogidos" se acerca rápidamente a donde ellos están y aceleran el camión donde se transportan. Estos se meten en una vereda detrás de un monte y se escoden en una espesa vegetación, mientras escuchan la conversación de los guardias que rondan el área. Esperando que el jefe del grupo les dé instrucciones ya que se informó que había prófugos en el área.

Los perseguidores decidieron seguir adelante en la carretera y nuestro camión siguió por el bosque cerca de la carretera para evitar a los guardianes que los buscaban para que no los llegaran a descubrir. Luego encontraron un paradero que se comunicaba con la carretera principal y en donde salieron a esta. El camión siguió circulando hasta que llegaron al lugar donde seguirán a pie. Ellos caminaron hasta que divisaron a los robots y le dijeron que cada uno le aventara un cable tensor. Los robots los lanzaron y del otro lado Eric amarró un cable a un árbol y otro cable a otro árbol en forma paralela. Cada uno de los humanos pasó suspendido entre los cables hasta cruzar todos encima de la tierra movediza. Luego el grupo completo camino de vuelta pasando por la cueva donde los habían atacados los perros lobos mutantes. Dovi iba adelante del grupo y Shaz atrás protegiéndolos. Cuando salieron del túnel sin controversias avanzaron hasta la playa donde a los 2 minutos comenzaron a recibir mensajes luminosos de la nave indicándole que ya podían abordarla. Sin embargo, no se percataron que el convoy que los buscaba también los divisó. Estos guardianes "Escogidos" aceleraron sus vehículos para acercarse a la playa mientras el bote de remos donde iban Eric y el resto del grupo remaron lo más rápido posible y subieron a una compuerta abierta. Eric y el grupo subieron y cerraron la compuerta. Unos segundos después llegaban los guardias a la orilla de la playa haciendo disparos a la nave. Los integrantes de la nave lograron despegar hacia su misión algo incierta.

El capitán del grupo de "Escogidos" aviso a George Mansfield que había fallado el intento de atraparlos.

El súper intendente de la isla George Mansfield se comunicó a la estación espacial con Lord Triana informando de las decenas de naves que llegaban a diario a la estación lunar podría haber alguna con espías o traidores; para que tomaran las previsiones del caso.

CAPÍTULO 6

LLEGADA A LA ESTACIÓN ESPACIAL LUNAR GAMA

Durante el viaje Ming y el capitán de la nave les dice a los demás que utilizarán identificaciones falsas y que dirán que ellos 5 y los 2 robots realizaban reparaciones en la Isla de la Esperanza. Ya todos con sus uniformes listo, proceden a colocar unas calcomanías a cada robot con el logo de la compañía de mantenimiento.

Dovi le dice a Shaz: Que está muy linda.

El robot solo hace un gesto pícaro mientras los demás se ríen.

Cuando se acercan a la estación Lunar, del control central le solicitan al capitán de la nave que informe el número de operación de trabajo realizado. El capitán de la nave lo da y en la estación espacial le dan la autorización de alunizaje en la rampa 5.

Luego de aterrizar, se abre una puerta y los robots ya han modificado sus estructuras agregando carros con rueda que supuestamente llevan los artículos traídos de vuelta del mantenimiento dentro de ellos en realidad llevan una gran cantidad de explosivos y armas camufladas. También hay otras cajas que descargan el capitán de la nave y Boris. Realmente solo Ming y el Eric saben que llevan esa carga y su propósito final.

Cuando bajan, Ming conversa con el encargado de recibo de rampa, le enseña los documentos de identificación y el encargado les dice que pueden abandonar el área de alunizaje.

Cuando Eric que nunca había estado allí ve lo majestuoso de la ciudad espacial lunar y piensa que sería, si ambas facciones de la tierra no estuvieran en litigio.

Posteriormente ellos son todos transportados con sus equipos al lugar donde queda la empresa de mantenimiento. Es un lugar que tiene un área operativa abajo y un área de viviendas en el primer alto. Allí hay aproximadamente 50 hombre trabajando. Cuando el carro y el camión donde ellos y el equipo son transportados se detiene, algunos trabajadores bajan todo lo que trajeron.

Dovi le dice a Shaz: Mira nuestro nidito lunar y su pantalla muestra corazones.

Shaz exclama: ¡No piensas en otra cosa robot enamoradizo!... jum.

Ming le presenta el gerente de la empresa Max Reyesnold al grupo visitante, posteriormente este señor les indica sus habitaciones y les dice que conversaría con ellos más tarde.

Ming utilizando un aparato de comunicación le indica a Lee en la Ciudad Isla de la Esperanza que ya están en la estación lunar Gama a salvo. Ming también se comunica en la plataforma submarina principal con Cesar Godor y le indica la misma situación.

En tanto Lord Triana se encuentra en una reunión en la Nave nodriza Ethum, donde Ethamme Pratt y el concretan el plan de destrucción de la plataforma marina 2 para evitar la expansión del mundo marino. Este plan Lord Triana lo objeta ya que matará muchos cerebros y científicos de la humanidad. Él prefiere un ataque tomándose la plataforma 2 mientras impiden la llegada de los refuerzos de las otras plataformas.

Ethamme Pratt le dice:

- Ya tenemos varios años tratando de controlar a los "Especímenes". Estoy perdiendo la paciencia, espero que recuerde que nosotros tenemos un rayo especial que los puede destruir rápidamente.

Lord Triana le responde:

- Que, si está consciente, pero que recuerde que tanto ustedes como nosotros necesitamos la mayor cantidad de "Especímenes" vivos.

Ethamme Pratt le contesta: Esperemos un mes más y no quiere más excusas para ejecutar el plan maestro.

Al rato, dan por terminada la reunión ya que Ethamme Pratt es requerido para otras actividades.

Durante la cena, en la compañía de mantenimiento, Max Reyesnold les informa que ya algunos de los empleados han llevado explosivos a 3 lugares distintos. Uno es el centro de alunizaje otro es el centro de emisión de poder y el tercero es el centro de mando donde reside Lord Triana. Además, les informa que en 2 días ejecutarían el plan maestro para detonar los explosivos e inutilizar la ciudad lunar GAMA.

Eric pregunta: ¿Cómo escaparían de allí?

Max Reyesnold le contesta: El plan de escape seria que sus hombres saldrían en un viaje de mantenimiento especial a la Isla de la Esperanza ese día y 15 minutos antes de detonar los explosivos.

Al ir a sus cuartos a descansar Eric Steele miró a los ojos a Yelena, mientras iban a sus habitaciones contiguas y le dijo que en un par de días podría ser sus últimos días de vida y que le hubiera gustado conocerla en otra situación menos complicada.

Yelena contestó:

- Yo también Eric y quiero decirte que tú… En ese momento grita Boris: Yelena, Yelena podemos conversar, mientras Eric se va a su habitación.

Mientras Yelena le dice a Boris:

- También quiero hablar algo delicado contigo, pero lo hablaremos luego de la misión.

Al rato Lord Triana ya ha regresado a la base lunar Gama y recibe una llamada del traidor del grupo opositor y le informa lo que sabe del plan.

 Lord Triana le dice que al día siguiente hará un allanamiento sorpresivo al lugar de mantenimiento.

Sin embargo, unas horas más tarde Ming toca la puerta de Eric y le dice:

- Vístete que hemos decidido realizar la misión hoy mismo porque un informante, dijo que hay un movimiento extraño en la guarnición militar.

También le informó que se dividirían en 3 grupos: uno donde irían Ming, Eric, Yelena y 2 personas más que son expertos en soldadura y explosivos. El otro grupo es dirigido por Max Reyesnold junto con Boris y otras 3 personas más, por último, el tercer grupo compuesto por los robots y sus colaboradores de la empresa.

Ming también manifestó: Que luego se reunirían en la estación de despegue para huir y detonar los explosivos para causar la mayor destrucción en la estación lunar Gama. Partiremos de inmediato.

Todos los involucrados fueron informados, a lo cual Boris quedó incrédulo al escuchar y dijo que quería ir a su habitación, pero Ming le dijo que eso era imposible. El éxito de la misión depende de la rapidez y sorpresa que tengamos.

Afuera de la empresa había 3 camiones. En el tercero iban colaboradores de Max Reyesnold, los robots Dovi y Shaz. Este camión parte hacia el centro de despegue y los otros 2 camiones con destino a los otros puntos de sabotaje.

CAPÍTULO 7

DESTRUCCIÓN PARCIAL DE LA ESTACIÓN LUNAR GAMA.

Una hora después Eric Steele y sus acompañantes llegan al centro de operaciones de la estación espacial. En este lugar, Ming enseña las credenciales del trabajo con otro nombre de compañía falsa, con los cuales se realizarían las soldaduras en el cuarto inferior de la sala de control de la estación lunar. Los guardias revisaron el camión y lo vieron todo en regla. Este camión estaba estacionado afuera al lado de un panel que llevaba los explosivos que era parte de la misión, el grupo comenzó a transferir las cajas que tenían en el panel al otro vehículo. Esto se logró distrayendo a los guardias simulando un choque de otro camión contra una pared cercana a la entrada. Este camión iba conducido por un colaborador de ellos que fingió estar ebrio. En efecto, los guardias de la entrada se distrajeron con el supuesto accidente.

Recibieron la orden de entrar y descargar los equipos puesto que ya habían sido revisados.

Estando dentro del recinto transitaron por los pasillos aledaños hacia el área de trabajo, en ese momento pasaron al lado de Lord Triana que los miró sigilosamente y le preguntó a uno de sus ayudantes que hacían ellos allí y el subalterno le dijo que arreglaban un escape de aire de ese lugar. Al pasar

Yelena, oyó a Lord Triana decir a un subalterno que si todos estaban listos para arrestar a los traidores en la empresa de mantenimiento.

Inmediatamente Eric le dijo a Yelena y Ming que había un traidor. Ming dijo que seguiría con el plan, que la suerte ya estaba echada.

Mientras soldaron el escape que habían ido a arreglar también colocaron los explosivos que trajeron, por último, dejaron activado el detonador que haría explosión en 5 horas, de no ser así, se activará manualmente.

 En el Centro de Energía Max Reyesnold y sus acompañantes hacian lo mismo y cuando colocaban el dispositivo explosivo Ming le envió un mensaje donde le informa que estaban listos pero que había un traidor en el grupo.

 Cuando terminaron de instalar los dispositivos notaron un nerviosismo en Boris. En la caminata de retorno al camión saco un arma y golpeó en la nuca a Boris aturdiéndolo.

 Le dijeron a los centinelas del lugar que Boris había inhalado un gas en la instalación, que se había desmayado y lo llevaban al hospital.

Salieron del lugar rumbo al centro de despegue lunar sitio donde se encontrarían ambos grupos.

Mientras tanto Dovi y Shaz en el punto de llegada y salida de la estación lunar Gama se encuentran colocando cargas de explosivos juntos con otros colaboradores que simulan ser del equipo de revisión de las rampas de despegue. Las cargas explosivas tienen detonadores los cuales estarán sincronizadas con un detonador central que será instalando al final.

A mediados de la mañana llega a la empresa de mantenimiento un convoy de militares y comienza a allanar el lugar disparando y matando a todo el que los enfrentara, uno de los asistentes de Max Reyesnold logra avisarle de lo ocurrido antes de morir.

Cuando los 2 grupos logran llegar al centro de despegue van a un hangar en ese lugar. Max Reyesnold le dice a todos que Boris es un traidor, cosa que Yelena se niega a creer pero la evidencia es tan contundente que Boris mirando hacia el piso le confiesa delante de todos que es cierto y que lo hizo porque su familia, que estaba secuestrada en la estación lunar hace 5 años y que accedió a trabajar con ellos por esa causa.

Yelena muy desilusionada y con lágrimas en los ojos le dice: Me lo hubieras confiado. Pensé que era tu mejor amiga. Eric le dice que se calme, que hay que terminar la misión.

Max Reyesnold y un asistente terminan de instalar el dispositivo detonador central que activaría los otros dispositivos detonadores en 5 horas si no lo hacen explotar manualmente.

Solo quedaba media hora para la explosión de las cinco iniciales en este momento.

Lord Triana preocupado manda un destacamento al lugar de la estación de despegue para desactivar cualquiera actividad. Él, quedó pensativo en la estación de mando y decide entrar a una cabina con conexión al exterior acompañado de un piloto y entran a una nave para 2 personas. Emprenden el viaje a una estación más pequeña de seguridad a 50 kilómetros de la estación lunar Gama, donde él y algunos de sus principales cabecillas podían ir en caso de una situación de emergencia.

En el área de despegue Eric y Max Reyesnold dejan todo el sistema listo y en un reloj se ve como el tiempo para la detonación automática disminuye su conteo regresivo.

Cuando faltaban 20 minutos. Los demás ya esperaban dentro de la nave espacial que partiría hacia la Isla de la Esperanza. En el momento en que Eric y Max Reyesnold van hacía la nave que los espera. Un grupo de guardias de los "Escogido" comenzó a dispararles y la única manera de seguir donde estaba la nave que los esperaba era que uno de los 2 cubriera disparando el escape del otro.

Max Reyesnold le dijo a Eric que se fuera y que había sido de gran ayuda.

Eric le contesto:

-    Ha sido un honor conocerlo.

Salió corriendo entre los disparos que los asediaban mientras con su arma láser. Max Reyesnold respondía impidiendo que se acercaran los militares.

Eric llego a la nave y Ming informó la salida de la nave al control central haciéndose pasar por un militar de los "Escogidos".

 Quedaban solo 20 minutos para la explosión programada. Recibieron la orden de despegar de parte del control central.

Mientras tanto Max Reyesnold era abatido por sus agresores y en sus últimas palabras decía entre labios ¡que viva la libertad de los humanos!

Los militares siguieron corriendo y disparando hasta llegar al área de despegue. Ming al ver esto aceleró para salir la estación.

Los militares avisaron a la torre de control que cerraran la puerta de salida y Ming aceleró más la nave y logró salir justo antes que esta se cerrara.

Faltaban poco más de 5 minutos para la explosión y Ming aceleró a máxima velocidad para evitar estar cerca cuando estallaran los explosivos.

Mientras tanto Yelena vio en su reloj pasar los segundos finales antes de sentir las explosiones masivas en la estación lunar Gama. Todos miraban la pantalla que mostraba la vista desde una cámara externa en la parte de atrás de la nave en la que iban. De repente vieron las grandes detonaciones en diferentes lugares y gritaron de alegría porque habían cumplido su misión. También vieron quedar a oscuras la estación lunar GAMA.

Ming llamó al comandante Cesar Godor informándole del éxito de la misión.

El comandante Cesar Godor les dijo:

- Que los felicitaría a todos en personas por este triunfo de la humanidad.

En la nave espacial todos se abrazaban. Eric y Yelena hicieron lo mismo llenos de felicidad mientras se acercaban a la tierra para amarizar en la plataforma marítima 1.

Mientras tanto Ethamme Pratt en la Nave nodriza Thum decía a sus asistentes:

- Esto es el comienzo. Ganaron esta batalla, pero no la guerra. No dejaremos que nuestra civilización abandone este lugar lo juro, lo juro por mi honor.

Finalmente llega la nave a la plataforma 1 y cuando llegan son recibidos como héroes cuando salen de la nave dando final a esta parte de la aventura.

Ω

FIN

Novela escrita por Eric Iván Montiel